WITHDRAWN

Muchas gracias a Edmund Jacoby
por la idea.

Título original: *Bona nox*
Adaptación de Eduardo Martínez

Wolfgang Amadeus Mozart
Jutta Bauer

BONA NOX

Lóguez Ediciones

Bona nox,

bonne nuit,

¡con mis pedos, quédate ahí!

good night, good night,

¡hay que
seguir!

gute Nacht, gute Nacht,

¡buenas noches! es tarde ya.

¡Y duerme
arropada, sin
temer nada!

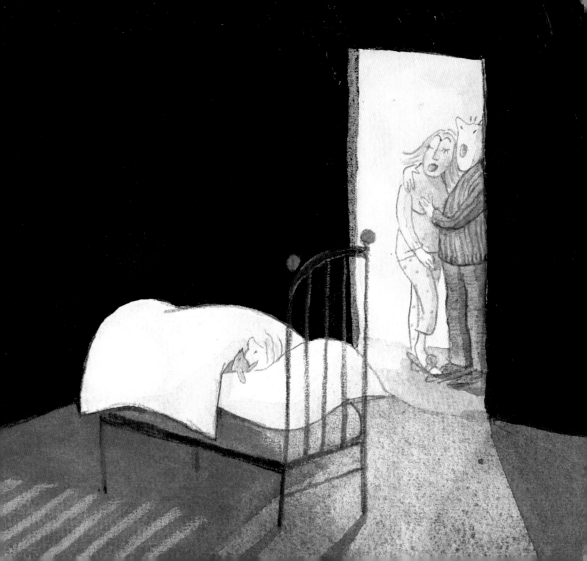

Bo-na nox, bist a rechter Ochs; bo-na
not-te, Lie-be Lot-te, bonne nuit, pfui, pfui, good night, good
night, heut müss ma noch weit; gute Nacht, gute Nacht 's wird höch-ste Zeit, gute Nacht.
schlaf fei g'sund und bleib recht kugel-rund!

Wolfgang Amadeus Mozart nació el 27 de enero de 1756 en Salzburgo y desde niño mostró un fantástico talento musical. Ya con cuatro años, rogó tanto a su padre que éste no sólo le dio clases de piano sino también de violín. Su primera composición es de esa época. La familia Mozart nunca hizo un feo a las bromas subidas de tono y Wolfgang Amadeus, a lo largo de toda su vida, no siempre feliz, mantuvo la virtud de no tomarse las cosas demasiado en serio, y también de gastarse bromas a sí mismo y a su entorno.

Jutta Bauer nació 199 años después de Mozart y se ha dejado inspirar para este libro por el alegre y hasta hoy popular canon, que Mozart compuso para cuatro voces. Seguro que el gran compositor hubiera recibido una verdadera alegría con ello. Jutta Buaer es una de las ilustradoras más conocidas de Europa. Libros de Jutta Bauer publicados por Lóguez: *Madrechillona, El ángel del abuelo, La reina de los colores* y *Bona nox.*